Jugar a la pelota

Por Ann Ingalls

Ilustrado por Brian Martin

Reggie y Rex tienen las patas cortas.

Les gusta jugar a
la pelota.

¡Ay, no! Pierden su pelota.

La buscan escalones arriba y abajo.

La pelota se ha ido.

¡Ay, no! Ven a un perro alto.

A Remi le gusta la pelota.
Remi la persigue.

No puede alcanzar la pelota.

¡Reggie y Rex pueden ayudar!

Rex dice: “¡Juguemos todos!”. Y eso hacen.

Créditos de publicación

Rachelle Cracchiolo, M.S.Ed., *Editora comercial*
Nika Fabienke, Ed.D., *Directora de contenido*
Véronique Bos, *Directora creativa*
Shaun Bernadou, *Directora de arte*
Stephanie Loureiro, *Editora asociada*
Caroline Gasca, M.S.Ed., *Editora superior*
Jess Johnson, *Diseñadora gráfica*

Créditos de imágenes: Ilustraciones de Brian Martin.

Library of Congress Cataloging-in-Publication Data

Names: Ingalls, Ann, author. | Martin, Brian (Brian Michael), 1978- illustrator.
Title: Jugar a la pelota / por Ann Ingalls ; ilustrado por Brian Martin.
Other titles: Play ball. Spanish
Description: Huntington Beach, CA : Teacher Created Materials, [2020] | Audience: Grades K-1.
Identifiers: LCCN 2019051534 (print) | LCCN 2019051535 (ebook) | ISBN 9780743927987 (paperback) | ISBN 9780743928137 (ebook)
Subjects: LCSH: Spanish language--Readers. | Balls (Sporting goods)--Juvenile fiction. | Dogs--Juvenile fiction.
Classification: LCC PC4115 .I54 2020 (print) | LCC PC4115 (ebook) | DDC 468.6/2--dc23

TCM Teacher Created Materials
5301 Oceanus Drive
Huntington Beach, CA 92649-1030
www.tcmpub.com

ISBN 978-0-7439-2798-7

Printed in China
51497